KB183893

# 쥐라기 로맨스

# 쥐라기 로맨스

**1판 1쇄** 2024년 10월 30일

**지 은 이** 조성주
**일러스트** 박우서

**발 행 인** 주정관
**발 행 처** 북스토리㈜
**주    소** 서울특별시 영등포구 양산로91 리드원센터 1303호
**대표전화** 02-332-5281
**팩시밀리** 02-332-5283
**출판등록** 1999년 8월 18일 (제22-1610호)
**홈페이지** www.ebookstory.co.kr
**이 메 일** bookstory@naver.com

ISBN  979-11-5564-345-7  03810

※ 이 도서는 제8회 경기 히든작가 선정작입니다.

# 쥐라기 로맨스

조성주

모든 것이 변하고 있었다
모든 것이

북스토리

# 목차

안녕? 난 이 땅의 최초의 꽃이야.


안녕. 난 이 땅의 최후의 공룡이야.

오랜만에 내 바위로 성큼 올라선 나는 이곳저곳으로 고개를 돌리며 연신 코를 벌름거렸다. 마침 먼 곳에서 불어온 여러 갈래의 바람이 지상에 있는 모든 존재들의 안부를 확인하듯 부드럽게 스치며 지나갔다. 그 속에는 어느덧 미세하게 달라진 대기의 온도와 냄새가 실려 있었다.

이상하게도 플로라를 기다리는 일만큼은 익숙해지질 않는다. 오랜 시간을 느긋하게 있다가도 막상 때가 가까워지면 참을 수 없는 조바심이 생긴다. 그리고 그럴 때마다 나도 모르게 코를 실룩이게 된다.

　나는 이 지역을 무척이나 좋아했다. 누구도 쉽게 들어오거나 떠날 수 없기 때문이었다. 멀리 둘러선 험한 산들과 그 너머의 광활한 모래땅은 이 드넓은 땅의 안락함과 풍요로움을 오래도록 잘 지켜주었다. '머물러선 종족'은 물론이고 '옮겨다니는 종족' 역시 생김새나 크기가 서로 무척 다르지만 큰 말썽 없이 섞여 살 수 있었던 것은 안전한 곳에 정착했다는 공감대 덕분이었다.
　그런데 아쉽게도, 지금 눈앞에 펼쳐진 이곳의 모습은 예전과는 많이 다르다.

　플로라는 태양이 좀 더 높이 솟을 때쯤 도착할 것이다. 머지않아 동족들을 이끌며 대지를 뚫고 나타나 환하게 미소 지을 플로라를 생각하니 참으려 해도 자꾸만 코가 움찔거린다. 그리고 마치 정해진 순서처럼 한 친구의 모습이 뒤이어 떠오른다.

지나간 1억 3000만 번의 봄을 맞을 때마다 나는 그 친구를 대신하여 플로라의 모습을 지켜보았다.

디노.
그는 위대한 종족의 초라한 후예였다.

그날 밤, 키다리나무들로 빽빽하게 들어차 있는 서쪽 숲은 뭉클거리는 안개 속에 푹 잠겨 있었다. 지나치리만큼 고요했고 앞이 보이질 않았다. 바로 코앞에 흉악한 괴물이 입을 벌리고 있더라도 알 수 없을 정도였다. 나의 온 신경은 바짝 곤두서 있었다.

거대한 그림자가 서쪽 숲에 나타났다는 소문을 듣고 호기심이 발동한 나는 친구들을 이끌고 야간 정찰을 나선 참이었다. 하지만 왠지 모르게 점점 불쾌하고 불안하고 불길한 느낌이 들었다.

딱!

나뭇가지 하나가 내 발밑에서 부러졌다.

소리에 놀라 잠시 숨을 죽인 채 멈춰 섰던 정찰대 친구들이 이내 참았던 짜증을 터뜨렸다.

—모로! 도대체 그 침입자가 어디에 있다는 거야?

—아무것도 못 찾았잖아. 밤새도록 이 숲을 세 번이나 돌았어.

─그래, 모로. 그냥 떠도는 얘기였을 뿐인데….

친구들은 괜히 앞발로 땅을 긁거나 요란하게 몸을 털며 구시렁거렸다. 묵묵히 그들의 불평을 견디던 나는 갑자기 이상한 점을 하나 알아차렸다.

─잠깐.

나는 방금 밟은 나뭇가지 주위를 천천히 돌아보며 조용히 말했다.

─이거, 아깐 여기 없었지.

언제나 뿌루퉁한 표정을 짓고 있는 친구가 툴툴거리듯 말했다.

─그건 뭐, 그냥 나뭇가지 아냐?

다른 친구들은 아예 내 쪽을 쳐다보지도 않았다. 하지만 나는 그들의 반응 따위에 신경 쓸 수 없었다. 털이 쭈뼛 서는 느낌 때문이었다.

—여기 처음 보는 이빨 자국이 있어.
—뭐?

정찰대 친구들의 눈이 서로가 놀랄 만큼 동시에 커졌다. 서서히 걷혀가기 시작한 안개 속에서 모두가 바짝 긴장한 채 주변을 둘러보았다. 그러다가 곧 높다란 나무 위 무성한 잎사귀들 사이로 누군가가 자그마한 머리만 내민 채 움직이고 있는 것을 발견했다.

—이봐! 거기서 뭘 하는 거야?

나는 내 작은 체구를 의식해서 최대한 위협적으로 느껴지도록 소리쳤다.

나무 위의 낯선 자는 한가롭게 고개를 돌려 아래를
내려다보더니 눈을 껌뻑거리며 태연하게 말했다.

―여기 나뭇잎들을 좀 먹고 있었어.

왜소한 몸집의 이방인은 우리 정찰대에 들키고도 전
혀 겁먹지 않은 채였다.
나와 친구들은 그 모습에 어이가 없어서 서로를 뻔히
쳐다보았다. 그러다 방금까지 두려워했던 우리 모습이
좀 창피해져서 괜히 목소리를 높였다.

―뭐라고?
―누구 맘대로!
―넌 누구야!
―나? 디노.
―누가 이름 물어봤어?
―아… 난 공룡이야.

그의 대답에 모두가 잠시 할 말을 잃었다.

나는 숨을 가다듬고 목소리를 높였다.


―우릴 속일 생각은 안 하는 게 좋을 거야. 너같이 조
   그만 녀석이 심지어 나무 꼭대기에서 공룡이라고
   우기면 그걸 누가 믿어주겠냐? 사실대로 말해. 넌
   뭐야!

―공룡이라고 말했잖아.

―푸하하!


친구들은 웃음을 터뜨리고 말았다. 정찰대의 위엄 같
은 것은 아예 놓아버리고 한동안 낄낄대며 발을 구르던
그들은 이내 거드름을 부리며 저마다 소리쳤다.


―이봐, 너 공룡에 대해 알기나 하는 거야?

―잘 들어봐. 공룡은 까마득한 바위 절벽 같은 거대
   한 몸집을 가졌어.

─날카로운 발톱을 드러내면서 사지를 펼칠 때는 온 하늘을 가려버릴 정도라고.

─소름 끼치는 눈빛을 하고 입에서 시뻘건 불꽃을 뿜어내지.

─무시무시한 이빨은 어떤 것이든 갈가리 찢어버리고 만다고.

들고만 있던 디노라는 자가 무덤덤하게 물었다.

─너희들, 공룡을 직접 본 적은 있는 거야?

─직접 봤으면 지금 살아 있지도 않겠지!

─그들은 아주아주 오래전에 모두 어디론가 가버렸다고!

─어때! 이제 좀 알겠어?

나무 위의 낯선 자는 아무런 대꾸도 하지 않은 채 느릿느릿 모습을 감추어버렸다.

우리는 용맹한 정찰대라는 자부심에 기세등등하여 소리쳤다.

—어, 어디 갔지?
—이봐! 당장 나와!
—내려와!
—숨지 말고 내려오라고!

잠시 후, 갑자기 온 땅이 울렁울렁 흔들리기 시작했다. 곧이어 어떤 거대하고 육중한 것이 나무들 사이로 드러나더니 점점 가까워졌다. 어느덧 희미해진 안개 위로는 파르스름한 새벽빛이 조각조각 떨어지고 있었다.

마침내 그것은 우리 앞까지 바싹 다가와 멈추어 섰다. 키다리나무의 밑동같이 굵고 강인해 보이는 네 개의 다리 위로 깎아지른 바위산 같은 어마어마한 크기의 몸뚱이가 보이더니, 길고 굵직한 목이 하늘을 찌를 듯 높이 뻗어 올라가다가 자그마한 머리로 이어졌다.

그것은 바로 조금 전까지 나무 위에 숨어 조용히 잎사귀를 씹고 있던 디노라는 자였다. 상상치도 못했던 엄청난 모습을 우린 모두 넋이 나간 표정으로 올려다보았다.

낯선 자는 까마득히 높은 곳에서 자신의 발치에 옹색하게 모여 선 작은 존재들을 굽어보며 말했다.

—여기에 얼마 동안 머물러야겠어. 오래 있진 않을
  거야.

이윽고 그는 숨을 한번 크게 들이마시더니 작정이라도 한 듯 포악한 소리를 길게 내질렀다. 처음 듣는 기괴한 울부짖음이었다.

일순간 두려움에 사로잡힌 우리는 동시에 비명을 지르며 튕겨 나가듯 뛰기 시작했다. 서로 부딪치고 밀치고 나뒹굴고 타고 넘어가며 내달리다가 한참 만에 겨우 모두 함께 숲을 빠져나올 수 있었다.

─죽는 줄 알았어!

─진짜로 공룡과 마주치다니, 으아!

─오늘 왠지 저 숲이 무섭더라니!

─처음부터 느낌이 안 좋았어!


저마다 소리치는 친구들을 향해 나는 급히 숨을 가다
듬으며 말했다.


─아… 아니, 자… 잠깐, 그럼 너희는 지금 그 녀석이

　진짜 공룡이라고 생각한단 말이야?

─아니면 도대체 뭐야? 그 거대한 몸집을 봐.

─그리고 자기가 공룡이라잖아.

─뭐? 그러면 내가 공룡이라고 우기면 그것도 믿겠네?


내가 정색하자 친구들은 잠시 멈칫했다. 하지만 이내
다시 동요하며 두서없는 말들을 쏟아냈다.

―모로 말이 맞아. 덩치 큰 것만 빼고는 저 녀석은 공
　룡과 어디도 닮지 않았어.

―아니, 세상에. 나뭇잎을 먹는다잖아?

―불꽃을 토하지도 않고 날카로운 발톱도 없었어.

―그런데 그 소름 끼치는 소리는….


　한참을 떠들어대고서도 우리는 아무런 결론을 내리
지 못했다.

　나는 경험 많은 이주민이자 오늘의 야간 정찰 대장답
게 흥분한 친구들을 진정시켰다. 그리고 '서쪽 숲에 덩
치도 목소리도 크지만 나뭇잎을 먹는 낯선 자가 하나
들어왔다는 사실'에 대해서만 서둘러 의견을 일치시키
고 정찰을 마무리했다.

나는 늘 모든 것을 보고 모든 것을 들었다.

동쪽의 작은 키다리나무 숲 한편 부드러운 응달에는
머물러선 종족에 속하는 플로라가 살고 있었다.

플로라는 이제 막 피어나려고 하는 자신의 부드러운 꽃망울들을 한참 동안 공들여 다듬고는 뿌듯해진 마음으로 고개를 들었다.

주변을 둘러보니 마침 몇몇 옮겨다니는 종족들이 숲 이곳저곳으로 분주히 지나다니고 있었다. 그녀는 반가운 마음에 인사를 건넸다.


—안녕? 오랜만이네. 어디 가니?

—….

―아, 너도 왔구나.

―….

―안녕? 이 근처에 그냥 있어도 되는데….

―….

―잘 가. 안녕….


모두 플로라의 인사를 받아주지 않은 채 그냥 지나쳐 버리고 말았다. 아주 잠시 활기가 생기는 듯했던 숲은 잠깐 사이에 다시 조용해졌다.


'아무도 나에게 관심이 없어. 내가 그들과 너무 달라서일까.' 하는 생각에 플로라는 쓸쓸히 고개를 숙였다.

얼마 후 남쪽 초원을 돌아 조용히 산책하고 있던 디노가 이 작은 숲으로 들어섰다. 그는 나무 꼭대기 부근에 연한 잎들이 보이자 길게 목을 뻗어 한입 가득 훑어 물고는 느긋하게 씹기 시작했다. 쌉싸름한 맛이 퍼지자 메마른 입안이 금세 젖어 들어갔다. 정말 오랜만에 편안한 기분이 들었다.

디노는 일부러 더 느리고 깊게 숨을 들이마셨다. 키다리나무 잎의 달달한 향기가 콧속 가득 스며들어왔다. 그는 지그시 눈을 감은 채, 조금씩 아껴가며 향기를 음미했다.

산들바람이 나무 꼭대기를 스치자 풍성한 잎을 달고 있는 나뭇가지들이 손짓하듯 흔들렸다. 디노는 자리를 조금 옮기기 위해 고개를 길게 내밀며 발을 떼었다.

그때였다.

—잠깐! 멈춰!

무슨 소리가 들린 듯했다. 디노는 눈을 크게 뜨며 멈 칫했다. 한 발을 어정쩡히 든 채로. 하지만 어디서 난 소리인지 알 수가 없었다.

―멈춰! 여기야, 여기! 정지!

디노는 작은 소리를 따라 땅을 내려다보았다. 주변에 있는 것들과는 전혀 다르게 생긴 이상한 풀이 보였는데 아마도 그것이 자신을 향해 소리치고 있는 것 같았다.

디노는 우선 발을 고쳐 디뎠다. 그러고는 그 풀을 가 까이에서 보기 위해 고개가 바닥에 닿을 만큼 천천히 내렸다. 마치 깊은 물속으로 가라앉는 듯한 느낌이 들 면서 약간의 현기증이 났다.

처음 보는 거대한 존재가 자신을 유심히 살피자 플로 라는 내심 무척 당황스러웠지만 아무렇지도 않은 척 새 침한 목소리로 말을 걸었다.

─도대체 얼마나 더 큰 소리를 질러야 알아듣겠어?
  깔려 죽을 뻔했잖아.
─아… 난 그냥 이 옆으로 지나가려던 것뿐인데….

디노의 우물쭈물한 대답을 다 듣기도 전에 플로라가
이어 말했다.

─넌 너보다 작은 존재가 발밑에 있을지도 모른다는
  생각은 전혀 하지 않는 거야?
─아… 미안.

디노는 바로 발길을 돌려 그 자리를 떠나려 했다. 플
로라가 서둘러 물었다.

─지금 뭘 하는 거야?
─난 이미 사과를 했고 더 이상 할 말이 없어서 그냥
  가려는 중이야.

—뭐라고? 간다는 인사도 없이 말이야? 넌 정말 예의
　　라고는 내 이파리 하나만큼도 없구나. 이렇게 커다
　　란 모욕은 정말 처음이야.

　어떻게 해야 할지 도무지 알 수가 없어서 잠시 그대
로 서 있던 디노는 고개를 약간 숙여 최대한 예의를 갖
췄다.

—안녕. 이만 갈게.
—지금 일부러 날 화나게 하려는 거지? 인사에는 격
　　식이 있는 거야. 우린 만날 때 하는 인사도 아직 하
　　지 않았어.
—뭐라고 해야 하는데…?

　플로라의 이파리 하나가 살짝 떨렸다.

—안녕? 난 이 땅의 최초의 꽃이야.

—안…녕. 난 이 땅의… 최후의 공룡이야.

—반갑다. 공룡.


디노는 순간 놀랐다.


—내가 공룡이라는 걸 왜 의심하지 않지?

—네가 그렇다고 했잖아. 그럼 너는 내가 꽃이라는
  걸 의심하니?

—아…니, 미안하지만 난 꽃이 뭔지도 잘 몰라.

—미안해할 것 없어. 나도 공룡이 뭔지 잘 모르니까.

—아, 그래…. 그런데 내 모습을 보고 아무렇지도 않
  아? 혹시 무서워서 온몸이 떨린다거나 기절할 것
  같다거나….

—너 지금 덩치 크다고 나한테 자랑하려는 거야? 세
  상에, 그만하자. 난 지금 인사하는 중이야. 빨리 예
  의를 갖춰줘.

디노는 자신을 두려워하지 않는 작은 풀포기를 보며
뭔가 야릇한 기분이 들었다.

─아… 그래. 반갑다, 꽃.

플로라 역시 자신에게 대답해주는 이가 있다는 사실
에 지금까진 몰랐던 기쁨을 느꼈다.

─음, 좀 어색하네…? 좋아. 특별히 너한테만 플로라
라고 부르는 걸 허락할게. 네가 정 원한다면 그냥
플로라라고 불러. 아주 특별히 너한테만 허락하는
거야.

플로라.
디노는 그것이 너무나 감미로운 이름이라고 생각했다.
그의 얼굴에 오래전 잃어버렸던 미소가 번져 나왔다.

―반갑다. 플로라…. 난 그냥 디노라고 불러줘.

―좋아. 네가 정 원한다면. 디노.


디노와 플로라는 서로를 말없이 바라보았다.

마침 다시 불어온 산들바람에 실린 짙은 키다리나무 향기가 동쪽 숲 가득 차올랐다 희미해질 때까지.

나는 타고난 조심성 탓에 넓고 밝은 곳으로는 잘 다니지 않았다. 그런데 동쪽 숲에는 그런 내가 드물게 좋아하는 양지바른 구역이 있었다. 친구들은 그곳에 있는 평범한 돌 하나를 '모로의 바위'라고 불렀다. 그 위를 뻔질나게 오르락내리락하는 나를 놀리려고 했던 것인데, 나중에는 나도 그 돌을 '내 바위'라고 부르게 되었다.

  시간이 가며 대기는 점점 차갑고 건조해졌다.

  숲에 사는 자들은 어디에나 풍성하던 열매, 뿌리, 이끼 같은 먹잇감들이 점점 사라져가는 것을 걱정하기 시작했다.

　나와 친구들은 동쪽 숲의 내 바위 옆에 옹기종기 모여 앉았다.

　멀지 않은 곳에 서 있는 플로라는 호기심 어린 눈빛으로 우리의 대화를 듣고 있었다.

　―에… 에취! 엣취!

　갑자기 한 친구가 연거푸 재채기를 하더니 겁을 먹고 울상을 지었다.

처음 보는 이상한 행동에 놀란 다른 친구들은 그를 에워싸고 머리며 꼬리며 배에 저마다 코를 대고 킁킁거렸다.

—방금 넌 뭘 한 거야?

—아니, 왜 얼굴에 침을 잔뜩 묻혔어?

—비명을 지른 거야? 왜?

그 친구는 오래된 나무껍질처럼 거칠게 생겼지만 사실은 겁이 많았다. 게다가 갑작스럽게 자신에게 관심이 집중되자 더욱 위축되어 울음을 터뜨릴 지경이 되었다.

—나도 몰라…. 코가 간질간질하더니 갑자기 입에서 뭐가 팍 튀어나오듯이…. 무서울 때처럼 몸도 오싹 했어.

나의 경험과 조언이 필요한 때였다.

―날씨가 갑자기 쌀쌀해지면 그럴 수 있어. 이럴 때
　는 체온조절에 신경을 많이 써야 해. 진짜로 추워
　지면 이빨이 막 떨려. 이렇게….

　나는 온몸을 떨고 이빨을 부딪치며 추운 시늉을 해
보였다. 그러자 모두들 내 모습이 재미있는지 덩달아
몸을 흔들며 떠들어댔다.

―맞아아…! 모오…로, 너는 북…쪽에서 와았…지?
―거긴 지지진…짜로 추추춥다며?

　혹독한 추위가 어떤 것인지 아무도 모르고 있었다.

―아, 배고파.

　한 친구가 떨기 놀이를 멈추더니 다시 우울하게 투덜
댔다.

―추운 것보다 더 싫은 게 배고픈 거야.

―맞아. 먹을 것들이 잘 안 보여.

―동글이 열매도 없어졌어.

―끈끈이 풀도 마찬가지야. 다 말라버렸어.


내가 다시 나섰다.


―다른 걸 찾아봐. 새로운 먹잇감을 개발해야지.


모두가 고개를 갸우뚱했다.


―그렁그렁 덤불 속의 파란 열매를 먹어봐. 물기는
적지만 제법 속이 든든해. 소용돌이 호숫가에는 바
위 콩이 잔뜩 있는데 아주 고소한 맛이 나. 하지만
노랗게 익지 않은 건 먹지 마. 돌처럼 딱딱하거든.

―정말? 나는 보고도 그냥 지나쳤었는데.

―절벽 아래 갈퀴나무 덤불 옆에는 점박이 버섯이 많

이 피는데 먹으면 기운이 나. 추위를 견디는 데 도움이 될 거야. 물론 갈퀴나무 가시를 조심해야 한다는 것 정도는 알고 있지? 괜히 온몸이 마비돼서 하루 종일 쓰러져 있지 않으려면 잘 피해 다녀. 참, 절벽 아래 틈에서 꽤 깊은 동굴을 새로 발견했는데 끝까지 들어가면 샘물이 있어. 탈이 났을 때 그만이지. 물맛도 좋아.

―와! 대단하다! 아니, 그런 걸 어떻게 알게 된 거야?

환호하는 친구들에게 나는 장난스러운 표정을 지어 보이고는 햇빛에 따뜻하게 데워진 내 바위로 올라섰다.

―글쎄, 뭐, 경험 많은 이주민으로서 말해보자면, 대지와 하늘의 소리에 귀를 잘 기울이다보니 알게 되었다고나 할까?

친구들은 알 듯 말 듯 한 눈빛으로 서로를 쳐다보다

가 한마디씩 던졌다.


　　—그래. 먹이만 있다면 추위를 견디는 방법도 차근차
　　　근 찾아볼 수 있을 거야.
　　—맞아. 난 털을 좀 길러봐야겠어. 추운 건 딱 질색이야.
　　—얼마 전에 나는 아늑한 땅굴을 하나 파뒀어. 거긴
　　　추위를 피하기에 아주 좋을 것 같아.


늘 걱정 없이 지내던 친구들이 이런 이야기를 하는
것을 보고 있자니 마음이 가라앉으며 문득 옛날 생각이
났다.


　　—내가 예전에 살던 곳은 추운 날만 계속될 때가 있
　　　었어. 어떤 날에는 하늘에서 하얀 부스러기들이 계
　　　속 떨어지기도 해.
　　—그것도 먹는 거야?
　　—아니야. 차갑고, 아주 예뻐.

―아닌 줄 어떻게 알아? 먹어봤어?
―그럼.

친구들이 재미있다는 듯 웃었다.

―아주 어릴 적에 난 세상이 온통 깜깜하기만 한 줄
  알았어. 깊은 땅속의 축축한 온기, 그리고 냄새와
  촉감으로만 알고 있던 엄마가 내가 아는 세상의 전
  부였지. 그런데 어느 날 먹이를 찾으러 나간 엄마
  가 보고 싶어져서 좁고 긴 통로를 따라 굴 입구까
  지 나왔어. 무거운 돌문을 힘겹게 밀어내고 나서
  난 내 눈이 멀어버린 줄 알았어. 한참 동안 비틀거
  리고 난 후에야 하얀 나무가 보이고 하얀 바위가
  보이고 하얀 구름이 보였어. 그리고 하늘에서 떨어
  지는 하얀 부스러기도…. 정말 예뻤어.
―야… 멋지다.
―정말 아름다운 기억이네.

긴 대화를 내내 듣고만 있던 플로라가 더 참지 못하고 끼어들었다.

—부럽다. 아니, 그런 멋진 곳을 두고 왜 여기까지 온 거야?

불쑥 끼어든 플로라의 질문에 적잖이 당황한 나는 잠시나마 고향 생각에 젖었던 것이 좀 쑥스러워졌다. 그래서 눈길도 돌리지 않은 채 부러 건성건성 대답했다.

—그날 내가 문을 열어둔 탓에 굴 안에 있던 어린 동생들이 모두 얼어 죽었어. 엄마가 제때 돌아오지 않았더라면 나도 죽었을 거야. 고향에 남아 있는 건 너무 힘들었지. 혼자 먹이를 찾을 수 있게 되자마자 난 무작정 집을 나와 떠돌아다녔어. 덕분에 넓은 세상을 돌아다니며 많은 것을 보았지. 그러다가 여기까지 오게 된 거야. 여긴 하얀 부스러기가

내리지 않으니까….

어색한 침묵이 흘렀다. 친구들은 잠시 눈알을 이리저리 굴리거나 괜히 몸을 털고 긁어대더니 이내 저마다 새로운 먹잇감과 거처를 알아본다는 핑계로 자리를 떠버렸다.

플로라는 분주히 흩어지는 그들을 향해 부지런히 외쳤다.

—안녕! 잘 가! 너도 잘 가! 안녕! 또 와!

그러나 아무도 그녀의 인사를 받아주지 않았다.

나는 그제야 시선을 돌려 조금 침울해진 듯한 플로라를 물끄러미 바라보았다.

—친구를 만드는 건 시간이 좀 걸릴 거야. 넌 좀 다르 잖아.

툭 던진 내 말에 민망한 듯 얼굴을 붉힌 플로라는 잠시 후 살짝 격앙된 목소리로 되물었다.


—왜 모두들 날 따돌리는 거지…?

—네가 필요하다는 걸 아직 잘 몰라서 그럴 거야.

—내가 이곳에 필요해? 정말?

—그럼. 누구나 결국에는 반드시 세상에 꼭 필요한 존재가 되거든.

—언제? 어떻게?

—그건 아무도 알 수 없어. 대지와 하늘의 소리에 귀를 잘 기울여봐. 그러면 언젠가 꼭 그렇게 될 거야.

—아… 언젠가….


희망인지 실망인지 알 수 없는 표정으로 플로라는 골똘한 생각에 빠져들었다. 자리를 뜨는 나에게 인사하는 것도 잊은 채.

어느 날 아침, 땅땅이 열매를 찾아보려고 열심히 숲을 뒤지던 나는 잠깐 쉬어야겠다 싶어서 고개를 들다가 순간 너무 놀라 온몸의 털이 빳빳하게 곤두서고 말았다.

아주 낮은 하늘에서 그자의 커다란 두 눈이 나를 딱 내려다보고 있었던 것이다!

마비된 것처럼 서 있는 내 모습이 언제 보였는지 모르겠지만 좌우간 그는 나를 못 본 척 금방 고개를 돌려 버렸다.

나는 두려운 와중에도 방금 너무나 가까운 곳에서 들여다본 그의 고요한 눈빛이 왠지 마음에 걸려 쉽게 자리를 떠날 수가 없었다.

　잠시 망설이던 나는 작은 가슴으로 크게 숨을 들이마
시고 그에게 말을 붙였다.


　—넌 어떻게 할 거야?
　—뭘.
　—날씨가 추워지고 있잖아.
　—그래서?
　—다들 식성을 바꿔서 새로운 먹잇감을 찾아 나서고
　　있어. 근데 넌….

—난 이 키다리나무 잎만 있으면 돼.

난 그의 시큰둥한 태도가 갑자기 좀 못마땅해졌다.

—그러니까 문제 아냐. 키다리나무 잎도 얼마 후면
  추워서 시들어버릴지 몰라. 게다가 네가 엄청나게
  먹어 없애고 있잖아. 다른 걸 찾아봐.
—글쎄, 난 입맛이 좀 까다로운 편이라서.
—너 정말 세상 변하는 줄 모르고 사는구나. 굶어 죽
  어도 입맛 타령할래?

디노는 불편한 기색을 감추지 않았다.

—누가 언제까지나 여기 있겠대? 먹을 게 없어지면
  다른 데로 가면 돼. 키다리나무 많은 데로. 난 지금
  까지 그렇게 잘 지내왔어.
—소문에 키다리나무 숲은 점점 사라지고 있다던데.

―나도 알고 있어.

―아니, 알면서도 이러고 있어?

―그래, 알아! 잘 알고 있으니까 쓸데없이 남의 일에
참견하고 다니지나 마.

―뭐, 뭐라고…? 아, 그래. 세상에서 제일 크고 잘나
신 분인데 어련하시려고요!


몹시 기분을 상한 나는 홧김에 잔뜩 빈정거리고는 그
자리를 떠나버렸다.

서쪽 숲을 나서기 직전 흘낏 눈을 돌리자 디노가 먼
곳을 바라보며 서 있는 모습이 보였다.


디노는 그렇게 한참을 우두커니 서 있었다.

그날 밤 나는 어지러운 꿈을 꾸었다.

안개가 자욱한 이른 새벽의 숲속이었다.

문득 어디선가 부드럽고 나직한 자장가 소리가 들려
왔다. 그 소리에 가슴이 설렌 디노는 목을 길게 뻗어 올
려 대기 속에서 엄마의 냄새를 찾아보았다. 너무도 그
립고 친숙한 냄새가 숲속 가득히 차오르더니 땅이 점점
흔들리기 시작했다.

곧이어 뿌연 안개를 거침없이 가르며 디노와 같은 모
습을 한 종족들이 숲 저편에서 모습을 드러냈다. 우아
하게 솟구쳐 올라 있는 기다란 목과 먼 곳까지 길게 뻗

쳐 들린 강인한 꼬리…. 언덕 위 높은 곳에서 한가롭게
이리저리 고개를 돌리며 서 있는 그들은 너무나 강하고
아름다워 보였다.

그들이 걸음을 내디딜 때마다 긴 목과 꼬리가 적당히
흔들리며 몸 전체의 균형을 맞춰주고 있었다. 그 모습
은 온화하고도 절대적인 품위를 지닌 대자연의 주인 같
았다.


—어이, 잠꾸러기.
—디노! 저쪽 언덕 위의 키다리나무 잎들은 우리가
    다 먹어버린다.


기쁨에 들뜬 디노가 소리쳤다.


—안 돼. 거긴 내가 제일 먼저 갈 거라고 했잖아.


다른 곳에서 부드럽고 힘 있는 목소리가 들려왔다.

—싸우지들 마라.

—엄마!

—여긴 먹을 게 참 많구나.

—엄마, 물도 깨끗하고 햇살도 너무 따뜻해요.

—그래, 디노. 목이라도 축이고 언덕 위로 와라. 먼저
 가 있을게.

—엄마, 같이 가요.

—너무 뒤처지면 안 된다.

—엄마! 엄마! 기다려요.


디노는 저만치 멀어져가는 동족들을 보면서도 왠지
일어날 수가 없었다.

갑자기 조금 떨어져 있는 나무 밑동 옆에 무언가 움
직이는 것이 보였다. 그것은 플로라였다!

그녀는 춤을 추며 디노에게 걸어오고 있었다.


—플로라…? 어떻게 된 거야?

플로라가 환하게 웃으며 대답했다.

—나는 최초의 걸어 다니는 꽃인가 봐.

플로라의 앙증맞은 꽃잎과 이파리들은 더욱 매혹적으로 흔들리고 있었다. 그녀는 사뿐사뿐 다가오더니 작은 이파리로 디노의 앞발을 살짝 쓰다듬었다.

디노는 가슴이 떨려서 벌떡 일어나고 말았다. 그러자 또다시 놀라운 일이 생겼다. 그의 몸이 너무나 가볍게 공중으로 떠오르는 것이 아닌가!

플로라도 어느새 그의 눈앞으로 떠올라 팔랑팔랑 날아다니듯 춤추고 있었다.

디노는 그녀를 쫓아 함께 빙글빙글 돌았다. 허공을 떠다니던 키다리나무 잎사귀들이 그들을 감싸주듯 주변을 맴돌았다.

플로라가 디노에게 살포시 다가왔다.

—잠깐만 쉴게….


향기로운 입김을 불며 속삭인 플로라는 디노의 다리
에 온몸을 기대고 만족스러운 미소를 지었다.

디노는 그녀를 가까이 보기 위해 긴 목을 휘어 고개
를 숙이기 시작했다. 조금씩 조금씩 그의 얼굴이 지상
에 가까워졌다.


한순간, 모든 것이 사라졌다.

최초의 걸어 다니는 꽃, 플로라도.

그녀와 함께 나뭇잎처럼 가볍게 춤을 추던 디노도.


꿈에서 깨자마자 내 눈에 가장 먼저 보인 것은 수풀
너머로 거대하고 육중한 몸뚱이를 나무에 기대어 웅크
리고 있는 디노의 모습이었다.

여전히 숲의 어느 누구도 플로라에게 관심을 두지 않았다. 다분히 의도적이기는 했다. 당연했다. 그녀는 '새로운' 존재였고 새롭다는 것은 '어떤 쓸모나 위협이 있을지 알 수 없는 상태'라는 뜻이기 때문이었다.

물론 천성적으로 새로운 것에 눈과 귀가 가는 걸 멈출 수가 없는 나만은 예외였다. 사실 '이주민'이라는 말이 아예 이름처럼 붙어버린 나에게 플로라의 처지는 그리 생소한 것도 아니었다.

게다가 플로라는 내 바위와 가까운 곳에 서 있었기 때문에 그녀에게 관심을 두지 않는 일에 관심을 두는 것이 나에게는 더 귀찮은 일이었다.

겉모습이 어떻든 외톨이는 외톨이를 알아보게 되는 것이다.

—안녕! 잘 지내? 잘 가!

—….

—또 만났네, 안녕? 안녕!

—….

—와, 털 많이 자랐다. 잘 지내지? 안녕, 잘 가!


늘 그렇듯 아무도 플로라의 인사를 받아주지 않았다.

숲이 텅 빈 듯 조용해졌다.

숲속은 환하게 밝았고 맑은 바람이 플로라를 가볍게 어루만지고 있었다. 하지만 마음을 끌어 내리는 쓸쓸함의 무게 때문인지 그녀는 이파리를 제대로 펼치지도 않은 채 한참을 멍하니 있었다.

고개를 들던 플로라는 어느 틈에 다가와 자신을 물끄러미 바라보며 서 있는 디노를 발견하고는 깜짝 놀랐다.

—아, 안녕? 디노. 어디 가니?

—응…. 먹을 걸 좀 찾아봐야 해.


어색해진 디노가 느릿하게 몸을 돌려 가버리려 하자 플로라가 붙잡듯이 서둘러 말을 이었다.


—너의 꿈은 뭐야?

—응? 꿈?

—그래. 너는 꿈꾸지 않니?

—글쎄, 뭘 꿈꿔야 하지?

—뭐든지.

—어….

—아주 작은 거라도 괜찮아. 응? 아주 흔한 것이라도.

—글쎄, 작은 것? 흔한 것?

—뭐, 예를 들어 사랑 같은 거라도.

—사랑?

—아, 그냥 뭐, 예를 들면 그렇다 이거지.

—그게 작고 흔한 거야?

—그럼! 그건 누구나 꿈꾸고 누구나 얻을 수 있는 아
주 작고 흔한 꿈이야. 아무것도 아니라고.

—그래…? 그럼 너도 사랑을 꿈꾸겠네?

—뭐? 나? 어머…. 나 참! 그냥 예를 든 것뿐이야, 예
를. 예를 들면 그런 시시한 꿈도 있다 이거지.

디노는 그녀가 왜 그렇게 당황하는지 알 수가 없었다.

—알았…어. 그럼, 네 꿈은 뭔데?

—나? 음, 글쎄. 네가 잘 이해할지는 모르겠는데… 난
세상에 나 같은 꽃들이 많아졌으면 좋겠어. 그런데
사실 방법은 몰라. 어느 날 문득 정신을 차렸을 때 난
이미 여기 서 있었거든. 내 이름도 나 혼자 지었어.

—난 네 이름이 정말 좋아.

디노가 미소를 지으며 중얼거렸지만 플로라는 그 말

을 듣지 못했다.


　—언젠가 저 들판을 가득 채울 만큼 많은 친구들과 가
　족들이 생겼으면 좋겠어. 정말 멋진 일이지 않니?


디노가 작은 소리로 되뇌었다.


　—언젠가….


문득 디노는 가슴속에서 무엇인가가 쿵쿵 뛰기 시작
하는 것을 느낄 수 있었다.


　—플로라. 나도 꿈이 생긴 것 같아.
　—그래? 뭔데?
　—꿈을 갖고 싶다는 꿈.
　—뭐…?
　—빨리 생각해봐야지.

―뭘?

―어떤 꿈을 가질지 말이야.


디노는 플로라를 뒤로하고 서쪽 숲을 향해 힘차게 걷기 시작했다. 그의 입가에 큰 미소가 번져갔다.

유난히 화창하던 어느 날, 나와 친구들이 들판에서 발견한 뿌리 열매 군락을 꼼꼼하게 조사하고 있을 때였다.

어디선가 붕붕거리는 이상한 소리가 들려오더니 가까운 삐죽이 덤불 위에 아주 작은, 나보다도 훨씬 더 작은 체구를 가진 자가 바람에 실려 오듯 가볍게 내려앉았다.

처음 보는 생김새의 그자는 이 숲에 어울리지 않는 세련된, 하지만 다소 거만한 태도로 먼저 말을 걸어왔다.

―아, 실례. 난 버기라고 해. 누굴 좀 찾고 있는데….

―누구를?

나는 그를 유심히 살피며 물었다.

―이 특별한 향기의 주인 말이야. 맡아봐.

친구들이 일제히 두리번거리며 코를 벌름거리기 시작했다. 버기라는 자의 예의를 차리는 태도 때문인지

혹은 조그만 체구 때문인지 그들은 이 낯선 자를 전혀 경계하지 않았다.

버기는 공중으로 떠올라 여유롭게 이곳저곳을 날아다니며 숲의 공기를 음미했다. 그러다가 자리를 뜨려고 하는 나를 발견하고는 사교적인 웃음을 지으며 다가왔다.

─향기가 나는데…. 어딘가 아주 가까운 곳에서 말이지. 넌 혹시 어딘지 알고 있어? 알려주면 정말 고맙겠는데.
─여러 가지 냄새가 온통 섞여 있어서 잘 모르겠는데.

나는 퉁명스레 대꾸했다.

─이 지역에 혹시 얼마 전에 새로 생겨난 자가 없어? 머물러선 종족 중에 말이야. 틀림없이 누군가가 있을 텐데….

친구들이 수군거렸다.


─플로라를 말하나…?
─글쎄, 그런 것도 같고….


버기는 그 소리를 놓치지 않았다.


─플로라가 누구지?
─저기 동쪽 숲에 있어. 언제나 이렇게 이파리를 살
  랑살랑 흔들면서 '안녕?' 이러거든.


　한 녀석이 플로라의 모습을 흉내 내자 다른 녀석들이
키득거렸다.
　친구들의 태도가 못마땅해진 나는 입을 꾹 다문 채
고개를 돌려버렸다.


─아, 그래? 고마워. 안녕, 친구들!

버기는 작은 눈을 반짝이더니 날렵한 비행 솜씨를 과
시하며 바로 날아갔다.

친구들은 그의 모습이 안 보일 때까지 감탄하며 바라
보았지만 나는 그자가 왠지 마음에 들지 않았다.

어느 날 새벽, 먹이를 주워 나르느라 밤새도록 들과 산으로 쏘다녔던 나는 갈증을 풀려고 물가로 갔다가 숲의 다른 주민들과 마주쳤다. 그들은 전에 없이 불안한 기색으로 모여 웅성거리고 있었는데 마침 나타난 나를 붙잡아 세우고 물었다. 내가 예전에 말해주었던 약탈자들에 대해서였다.

그런데 사실 나도 그것들에 대한 소문을 이야깃거리로나 풀어놓았지 실제로 본 적은 없었다. 직접 봤었다면 난 살아 있지도 않을 테니까.

오래전 다른 지역에서는 '붉은입 약탈자들은 기이하고 포악한 종족'이라는 얘기가 돌았다. 넓적하고 흉측하게 생긴 앞다리를 옆으로 펼치면서 공중으로 높이 떠올랐다가, 어느 순간 내리꽂듯 땅으로 돌아온다고 했다. 또 어지간한 나무 정도는 통째로 뽑아버리는 무시무시한 발톱을 가졌다고도 했다.

내가 들었던 이야기 중 가장 두려운 건 그들이 하늘을 다 가릴 정도로 떼를 지어 다니며 마주치는 모든 것들을 파괴해버린다는 것이었다.


사실 붉은입 약탈자들에 대한 소문은 늘 조금씩 달랐고 때로는 앞뒤가 맞지 않았다. 그럼에도, 아니 그럴수록 더 그들에 대한 소문은 바람과 숲에 의해, 또 가끔은 나와 같은 이주민들에 의해 아주 먼 지역에서 또 다른 지역으로 전해지곤 했다.

─이봐, 경험 많은 이주민, 소식 들었어?

─무슨 소식?

─큰 고개 너머 들판 멀리 이상한 떼거리가 보이는데, 아무래도 네가 전에 말했던 붉은입 약탈자들인 것 같대!

─뭐? 붉은입 약탈자?

얼결에 커진 내 목소리에는 아마도 공포감이 배어 있었던 것 같다. 나의 반응에 주민들의 두려움이 더 커졌다.

—그들의 갈퀴에는 피가 마르지 않는다며.

—우리 쪽으로 오면 어쩌지?

—일단 들이닥치면 피할 수도 없다던데….

—그냥 멀리 지나가줘야 할 텐데. 제발!


물가에 모여 선 주민들은 번갈아 한마디씩 보태며 점점 더 흥분했다.

그때 갑자기 땅이 흔들리는 것이 느껴졌다. 주민들은 일제히 화들짝 놀랐지만 이내 그것이 서쪽 숲을 걷고 있는 디노 때문에 생겨난 땅울림이라는 것을 알아차렸다.

잠시 입을 다물었던 그들 중 누군가가 이를 갈듯 중얼거렸다.


—이젠 여기도 안전하지 않은 것 같아. 저 녀석만 생각하면 왠지 불안해져.


그 말에 나는 반사적으로 대꾸했다.

─그래도 디노는 누굴 해치지 않잖아.

다른 주민들이 따지듯이 말했다.

─언제 어떻게 변해서 우리에게 달려들지 모르지!
─맞아! 저 엄청난 몸집만 보면, 어휴, 떨려서….
─디노는 그러지 않는다니까!

나도 모르게 목소리가 커지자 주민들의 시선이 일제히 내게 모여들었다. 괜히 뜨끔해진 나는 서둘러 딴청을 부리며 얼버무렸다.

─좋은 구경거리잖아….

누군가가 단호하게 말을 받았다.

─무서운 구경거리겠지.

다시금 웅성거리며 물가를 떠나는 한 무리의 주민들을 지켜보는 내 마음속에는 언제인가처럼 또다시 불쾌하고 불안하고 불길한 느낌이 퍼져 나가기 시작했다.

나중에야 알게 된 사실이지만, 디노와 같은 종족들은 키다리나무 잎처럼 제대로 된 먹이를 발견하면 짧은 기간에 될 수 있는 한 폭식을 했다. 그리고 서둘러 길을 떠나 또 다른 곳에 있는 먹이를 찾아내야 했다.

 먹고, 떠나고, 다시 먹을 것을 찾고, 찾지 못하면 또 떠나고…. 아무리 쉬고 싶어도 결코 오랫동안 머물지는 않았다.

 한곳에 정착했다가는 부족해진 먹이 때문에 점점 쇠약해져서 결국 아무 곳으로도 갈 수 없게 되기 때문이었다.

디노는 생각에 빠진 듯 조금 멍한 표정으로 터벅터벅 걸었다. 무척 허기져 있었지만 주위의 나무들을 둘러보지도 않았다. 그러다 자기도 모르게 어느새 동쪽 숲으로 들어선 것을 알아차리고는 깜짝 놀라 걸음을 멈추고 황급히 아래를 살폈다.

플로라는 무언가에 열중해 있었다. 먼 곳을 살피거나 하늘을 향해 이파리들을 한껏 벌리기도 했고 어떤 소리를 들으려는 듯 가만히 멈추어 있기도 했다.

그녀의 모습에 안도감과 의아함이 동시에 든 디노는

조심스럽게 물었다.

—플로라, 지금 뭘 하고 있는 거야?
—쉿, 방해하면 안 돼.

여느 때와 달리 눈길도 안 주는 플로라를 바라보며 디노는 한참을 기다렸다.
그러다 언제까지 조용히 있어야 할지 묻고 싶어져서 조심스럽게 입을 뗐다.

—플로라….
—쉿, 조용히 해줘. 난 지금 우주의 소리를 들어보려는 중이야. 대지와 하늘이 속삭이는 소리. 전에 모로가 그랬거든. 중요한 얘기를 해줄지도 모른다고.

꽃잎과 이파리들을 들었다 내렸다 하며 계속 알 수 없는 자세를 취해보는 플로라의 모습을 디노는 다시 한참 동안이나 웃음을 띠고 바라보았다.

　얼마 후 플로라가 한숨을 쉬었다.


　—역시 아무런 소리도 들리지 않아. 어떻게 해야 저
　　넓은 들판을 가득 채울 수 있을까. 디노, 그들이 너
　　한테는 말하지 않니? 대지와 하늘, 뭐 그런 이들 말
　　이야.


　디노의 얼굴이 갑자기 어두워졌다.


　—난, 쓸데없는 얘기는 귀담아듣지 않아.
　—말하는구나? 뭐래?


　플로라는 호기심에 휩싸여 물었지만 그는 아무런 말
도 하지 않았다.

　그녀는 디노의 침묵에 기분이 몹시 상했다.

―그래. 결국 너도 똑같아. 모두 다 나를 무시하지.
지금 너처럼 말이야.

―플로라, 난 그런 뜻이 아니라….

―그만둬. 누구도 상대해주지 않을 때의 기분을 너는
잘 모를 거야.

―알아! 나도, 잘 알고 있어.

―그래? 하지만 아무도 널 무시하지는 않지? 그들이
널 피하는 건 두려워서야. 너의 강한 힘을 느끼기
때문이지. 그건 무시당하는 것과는 다른 거야. 넌
이해 못 해. 너는 나와 달라.


그녀의 말이 디노의 가슴을 파고들었다.


―그래….


디노는 안타까웠다.

그녀를 어떻게 이해시킬 수 있을까. 마주치는 모든

자들이 공포에 떨며 자신을 바라볼 때의 서글픔을 어떻게 말할 수 있으며, 아무리 숨고 싶어도 숨을 수 없는 거대한 자의 절망감은 또 어떻게 표현할 수 있을까.


─맞아. 난 너하고는 달라….


디노의 말에 플로라는 더욱 발끈했다.


─그래. 그렇다니까. 정말 달라.
─플로라….
─이젠 날 좀 혼자 있게 해줘.


디노는 거북했다. 뭔가 얘기가 잘못 흘러가고 있다는 생각이 들었고 이런 식으로 대화를 끝내고 싶지 않았다. 하지만 어떻게 해야 하는지 알 수가 없어서 힘없이 발걸음을 돌렸다.

왠지 더욱 버거워진 긴 목을 서서히 돌린 디노가 한

발자국 걸음을 떼자 뒤에서 플로라의 새침한 목소리가
다시 들려왔다.


—디노.
—응?


디노는 서둘러 대답부터 했다.


—왜 그렇게 기운이 없는 거야?
—응⋯. 배가 고파서 좀 지쳤나 봐.
—아, 그래? 그런데, 그건 어떤 느낌이야?


디노는 아직 고개를 돌리는 중이었다.


—뭐⋯가?
—배가 고프다는 거.

그제야 고개를 다 돌린 디노는 플로라를 바라보았다. 그리고 그녀의 천진한 눈과 마주치자 가만히 웃어 보였다.

그즈음 플로라의 꽃잎은 멀리서도 무척이나 도드라져 보이는 화려한 빛깔을 띠게 되었고 제법 풍성하게 벌어져 있었다.

동쪽 숲으로 들어온 버기는 플로라를 쉽게 발견할 수 있었다.

플로라는 처음 보는 모습의 버기를 조심스럽게 살피면서도 언제나처럼 먼저 인사를 건넸다.

―안녕…?
―안녕.

기대하지도 않았던 대답에 플로라는 깜짝 놀랐다.

―난 버기라고 해. 네가 불러서 왔어.

더 놀라운 말을 들은 플로라는 눈이 휘둥그레졌다.


　—무슨 소리야. 누가 널 불렀다고?
　—바로 너라니까.


버기는 아무 망설임 없이 플로라에게 날아올랐다. 당
황한 플로라는 자신의 이파리를 힘껏 흔들었다.


　—어머. 저리 가! 넌 누구야?
　—나? '영리한 사업가'라고 해두지.
　—사업?
　—그래. 우리를 위한 사업.
　—우리? 난 널 몰라.
　—곧 알게 될 거야. 네가 가진 걸 내게 주면 나도 네
　　가 원하는 걸 해줄 수 있어.
　—내가 뭘 원하는데?
　—가족을 원하지 않아? 친구는? 수많은 너의 동족을

원하지 않느냐고. 저 들판을 가득 채울 만큼 말이야.

—네가 그걸 어떻게….

—난 '영리한 사업가'라고 했잖아. 세상을 좀 알지.

여전히 당황한 상태였지만 플로라는 그의 말이 무슨 뜻인지 궁금해서 견딜 수가 없었다.

—그런 말에 내가 속을 것 같아? 그리고 내가 도대체 뭘 가졌다는 거야?

—뭘 가졌냐고? 그걸 모르다니 좀 실망인데? 그 깜찍한 꽃잎으로 지금도 날 유혹하고 있으면서 말이야. '내 꿀을 가져가. 바로 지금이 최고로 맛이 진할 때야.' 하고 있잖아.

—내…가…?

—안심해. 이건 공평한 거래야. 어렵지도 않아. 그냥 날 받아들이기만 하면 돼. 그럼 넌 '번성하는 능력'을 가지게 될 거야. 우리 같이 저 들판을 가득 채워

보자고.

―내가 너를 어떻게 믿을 수 있겠어? 난 최초의 꽃이야.

―최후의 꽃이 될 수도 있겠지.


그의 말에 플로라는 이파리를 떨며 안절부절못했다.

버기는 그런 모습에는 조금도 신경 쓰지 않는 듯 다정한 목소리로 말을 이었다.


―지금까지 네가 기다려온 건 바로 이런 게 아닐까?
저 들판을 가득 채울 수 있는 기회 말이야.

―아냐! 내가 원한 건 기회가 아니라 사랑이야.

―글쎄, 현실적으로 서로가 간절히 필요하다면 그것
도 사랑 아닐까?


버기는 플로라의 꽃잎으로 부드럽게 다시 날아오르
며 속삭였다.

이젠 바람이 불지 않는 탓인지, 플로라는 더 이상 이

파리를 흔들어대려고 하지 않았다. 대신 호기심과 기대감에 바짝 긴장한 채 자신에게 가까이 다가오는 버기를 지켜보고 있었다.

플로라가 언제나 정성을 들여 다듬는 여러 겹의 화려한 꽃잎은 어느 때보다도 풍성하게 부풀어 있었기 때문에 버기는 내려앉을 자리를 어렵지 않게 찾을 수 있었다.

버기가 탐스러운 꽃잎 하나를 막 쓰다듬기 시작했을 때였다.

―플로라! 무슨 일이야!

어느 틈에 숲으로 들어선 디노가 갑자기 거친 발걸음으로 급히 다가오고 있었다. 플로라는 너무나 당황스러워서 온몸이 떨릴 지경이었다.

―디노! 아니야, 아무것도!

버기가 빠르게 떠오르며 환호했다.

—와우! 아주 특별한 친구가 있었네.

놀라움과 호기심에 찬 버기가 디노 주변을 분주히 날아다니자 디노는 긴 목과 꼬리를 육중하게 휘두르며 소리쳤다.

—왜 플로라를 괴롭히는 거야!
—아냐, 디노! 그만둬!
—걱정하지 마, 플로라. 이런 무례한 놈은 당장 쫓아
  버릴게.
—그만두라고 했잖아! 제발 너나 우리를 좀 내버려둬!

플로라가 자신도 모르게 날카롭게 소리쳤다. 디노는 세상에서 가장 낯설고 이해할 수 없는 말을 듣고는 우뚝 멈추어 섰다.

―우리…? 넌… 이렇게 무례한 걸 싫어하는 줄 알았
　는데….

―무례한 건 바로 너야, 디노!

디노는 플로라를 쳐다보며 멍하게 서 있었다.

―이런, 내가 잘못 찾아왔나 보네. 난 사교적인 친구
　들이 좋은데 말이야.

버기는 슬쩍 빈정거림을 섞어 또박또박 말하더니 유
유히 날아가버렸다.
디노와 플로라 사이에는 싸늘한 침묵만이 남았다.

―플로라. 난 널 돕고 싶었을 뿐이야.

―네가 나한테 아무런 도움이 되지 않는다는 건 너도
　잘 알잖아.

―하지만….

―너도 말했잖아. 우린 서로 다르다고. 넌 원하면 어
디든 가버리면 그만 아냐. 하지만 난 한 발짝도 움
직이지 못하고 이 자리에 있어야 해. 이런 내가 어
떻게 저 넓은 들판을 뒤덮을 수 있겠어!

―뭔가 방법이 있을 거야. 꼭 답을 찾게 될 거야.

―그럴지도 모르지, 언젠가! 하지만 그 전에 난 햇빛
에 말라버리거나 거친 바람에 날아가버릴걸. 하룻
밤 추위에 얼어붙어 죽을지도 몰라. 아니면 누군가
의 발밑에 깔릴 수도 있겠지. 나에겐 시간이 없어.


디노는 마음이 타들어갔다. 플로라를 위해서라면 무
슨 일이든지 할 수 있을 것만 같았다. 그녀를 지켜주고,
그녀를 웃게 해주고, 그녀가 한없이 편안할 수 있게 해
주고, 그녀가 원하는 것이 무엇이든 모두 이룰 수 있도
록 해주고 싶었다.

하지만 디노는 한마디도 할 수 없었다. 자신에게도 시
간이 얼마 남지 않았다는 것을 느끼고 있었기 때문이다.

나는 대자연이 그렇게 너그러운 곳이 아니라는 사실을 잘 알고 있었다. 그래서 살아남기 위해 어디서나 최선을 다해왔고 어떤 타협도 망설이지 않았다. 살아남지 못하는 자는 사라져야 마땅하고, 사라진다는 것은 곧 무가치함을 뜻한다고 믿었다.

하지만… 디노 앞에 서면 왠지 내가 믿는 삶의 원칙이 한없이 옹색하게 느껴졌다.

—왜 아무 말도 없어? 너라면 버기를 절대로 놓치면
안 된다고 할 줄 알았는데.

플로라가 대답을 재촉하자 나는 좀 난감한 기분이 들
었다.

—글쎄, 난, 아, 뭐라고 해야 할지…. 그게, 이것 참,
요사이는 왠지 생각이 온통 뒤죽박죽이 되어버려
서 말이야….

괜히 내 바위를 오르락내리락하며 얼버무리는 나를
잠시 지켜보던 플로라는 다른 곳으로 고개를 돌렸다.

이내 그녀는 나직이 말했다.


—디노 곁에 있으면 내가 특별한 존재라는 느낌이 들
　어. 하지만 그와 내가 어쩌겠어. 우리가 할 수 있는
　일은 기껏해야 서로를 목 아프게 바라보거나 얘기
　를 들어주는 것뿐이야.


플로라가 말하는 '서로를 목 아프게 바라보거나 얘기
를 들어주는' 느낌을 나도 알고 있다는 생각이 들었다.


—누구보다도 커다란 디노가 내 앞에 멈춰주고 말을
　건네주면 너무나 좋아. 하지만 내가 버기와 거래를
　하든 말든 그건 디노와는 아무런 상관이 없는 일이
　야. 안 그래, 모로? 그런데… 내가 왜 이렇게 이상
　한 마음이 드는지 정말 모르겠어.

플로라는 정말로 혼란스러워하고 있었다.

하지만 나는 플로라가 듣고 싶어 할 만한 말을 해주지 못했다. 바위에서 내려온 나는 그저 묵묵히 플로라의 뿌리가 보다 편안하게 뻗어갈 수 있도록 주위의 땅을 조금씩 들쑤셔주고는 자리를 떠났다.

해가 뜰 무렵 목적도 없이 풀숲 사이를 배회하던 나는 문득 서쪽 숲을 바라보았다.

　이제는 전처럼 빽빽하지 않은 키다리나무 숲 사이로, 고개를 높이 들어 먼 곳을 바라보며 서 있는 디노의 모습이 보였다.

　아무런 동요가 없는 듯이 보였지만 나는 왠지 디노가 그런 모양새로 울고 있는 것은 아닐까 하는 생각이 들었다.

디노에게 다가갈 기분이 나지 않은 나는 이끼로 뒤덮인 툴툴나무 밑동을 괜히 빙글빙글 돌며 주위를 서성거렸다.

　얼마 후, 버기가 숲으로 날아들었다.

　─안녕. 지난번엔 인사를 제대로 못 했네. 난 버기라
　　고 해.

디노가 힘없이 대꾸했다.

—날 혼자 내버려둬.

버기는 디노의 태도에 아랑곳하지 않고 그에게 다가
갔다.

—이런 곳에서 공룡을 만나게 될 줄은 몰랐어. 네가
  아주 많이 뒤처져버렸다는 건 잘 알고 있지?

디노의 눈이 커졌다.

—무슨 소리야?
—너의 종족들은 이미 오래전에 아주 먼 곳으로 떠났
  잖아.
—그들을 봤어?

디노의 말투가 그답지 않게 빨라졌다.


—오호! 진정하라고.

—그들을 봤냐고.

—글쎄, 정확히 말하자면, 내가 본 건 수많은 공룡들
　이 지나간 흔적이라고 해야겠지. 울창했던 숲이 앙
　상하게 뼈만 남아버린 듯한 끔찍한 모습이었어.


디노는 한참 동안 땅바닥을 내려다보더니 나직이 중
얼거렸다.


—우린 아무도 해치지 않았어.

—그래. 알아. 내가 볼 때 너희 공룡들은 덩치만 컸지
　나뭇잎이나 먹는 순진한 친구들이야.

—그만해. 날 내버려둬. 어느 누구도 우리를 제대로
　알 수 없어.

—뭐, 그럴지도.

버기는 느긋하게 날아올라 공중에 원을 두 번 그리더니 디노의 얼굴 앞으로 다가와 말했다.

—그런데 말이야, 한번 잘 생각해봐. 정말 아무도 해치지 않았니? 너희들이 숲을 폐허로 만들고 떠날 때마다 다른 종족들은 얼마나 힘겨웠을까.
—우린…! 나는… 몰랐어.

디노는 표정이 일그러지고 호흡도 거칠어지기 시작했지만 버기는 여전히 차분했다.

—너희 공룡들은 함께 어울려 살질 않았지. 언제나 너희 종족을 지켜주었던 키다리나무들에게조차 아무것도 해준 게 없었잖아.
—우린 그저 방법을 몰랐을 뿐이야. 일부러 그런 건 아냐.
—오직 배고픔을 덜 생각만 하는 어리석고 이기적인

족속이었지.

—아무도 해치고 싶진 않았어! 그저, 어쩔 수 없는 일
  이었어.

나무 밑동 뒤에서 듣고만 있던 나는 더 이상 참지 못
하고 그들 앞으로 튀어 나갔다.

—야비한 놈!

버기는 나의 갑작스러운 출현에도 전혀 놀라지 않고
능청맞게 두리번거렸다.

—누구, 나?

—그래, 너. 무슨 자격으로 네가 그따위 소리를 지껄
  이는 거야? 공룡들은 적어도 너 같은 얄팍한 기회
  주의자는 아니었어.

—내가 기회주의자라고?

─그들이 자기도 모르는 사이에 누군가에게 피해를
입혔다고 해도, 아무리 그렇다 해도, 디노가 너에
게 모욕당해야 할 이유는 없어. 그리고 이 친구는
이미 그 대가를 충분히 치러왔어.

─대가? 먹을 것이 없어 굶주리고 있는 것 말이야?

─아냐. 외로움을 말하는 거야. 그것으로 충분해. 그
러니까 이제 그만 디노를 내버려둬. 네 할 일이나
하라고.


버기는 잠시 나를 뚫어지게 바라보더니 냉랭하게 말
했다.


─그렇군. 하지만 너도 날 그렇게 모욕하지는 마. 난
대자연의 변화 속에서 내 자릴 찾고 있을 뿐이야.
너처럼 말이야.


버기는 날아가버렸고 나는 그가 사라진 빈 하늘을 오

랫동안 쳐다보았다.

디노는 아무것도 바라보지 않았고 아무런 말도 하지
않았다.

그날.

물가에 앉아 털 고르기를 하고 있던 나는 어느 순간 갑자기 불쾌하고 불안하고 불길한 마음이 강렬하게 들었다. 본능적으로 벌떡 일어나 바람에 실려 오는 냄새들을 맡아보려는 순간, 이곳저곳에서 공포에 휩싸인 주민들이 소리를 지르며 숲속으로 뛰어 들어오기 시작했다.

—붉은입 약탈자들이 여기로 몰려오고 있어!

—뭐라고!


순식간에 차가운 공포감이 몸속 깊숙이 퍼져 나가는 것을 느끼며 나는 빽 하고 소리를 질렀다.


—피해! 동굴로 피해! 절벽 밑으로!


아무도 내 말을 제대로 듣지 못한 것 같았다.

—절벽 밑으로 피해! 다들 들었지? 갈퀴나무 덤불 뒤
　　동굴로 가라고!


　하지만 주민들은 여전히 우왕좌왕하며 어쩔 줄을 몰
라 했다.
　그 모습에 초조해진 나는 서쪽 숲으로 내달렸다. 마
음이 다급했다. 나는 자빠지고 굴러 떨어지고 가시에
긁히면서도 멈추지 않고 달렸다.
　디노 앞에 뛰어들 듯 다다랐을 때쯤에는 숨이 턱에
차고 지쳐서 발을 헛디딜 지경이었지만 나는 얼른 몸을
최대한 빳빳하게 세웠다.


—디노! 붉은입 약탈자 떼가 이곳으로 몰려오고 있
　　어! 우릴 도와줘!


　나는 헐떡거리며 외쳤다.

―난 아무도 도울 수 없어.

디노는 주저앉은 채 꼼짝도 하지 않고 조용히 대답했다.

―도울 수 있어!
―싫어. 난 이곳에 속해 있지도 않아. 이제 곧 여길
  떠날 거야.

그는 마치 세상의 모든 것을 거부하고 있는 듯이 보
였다.

―떠나면 안 돼. 넌 이곳에 속해 있어. 이 숲에 발을
  디딘 순간 넌 이미 여기에 속하게 된 거야. 그러니까
  네가 할 수 있는 일이 있다면 해야 해.

디노는 아무 말도 하지 않았지만 나는 그의 가슴이
빠르게 뛰기 시작했다는 것을 느낄 수 있었다.

그때 또 다른 주민들이 꼬리에 불이라도 붙은 듯 서쪽 숲으로 뛰어들며 비명처럼 소리쳤다.

―약탈자들이 동쪽 숲을 향해 몰려오고 있어!
―동쪽 숲이야!
―하늘을 까맣게 뒤덮었어!

나는 그들 앞으로 뛰쳐나가며 목이 찢어져라 크게 외쳤다.

―모두 절벽 밑으로 피해! 바위틈에 동굴이 있어! 갈
퀴나무 덤불 뒤! 동굴!

문득 디노가 고개를 들며 중얼거렸다.

―동쪽 숲…!

공포에 휩싸여 정신이 나갔는지 방향을 잃고 아무 곳으로나 뛰어다니고 있는 주민들에게 나는 계속해서 소리쳤다.


—모두 침착해! 절벽 밑으로 피하라고! 동굴! 동굴!


하지만 여전히 아무도 제대로 듣지 못했다. 극심한 두려움과 초조함이 내 심장을 태워버릴 것만 같았다.

갑자기 온 숲이 뒤집히기라도 할 듯 거칠게 흔들리기 시작했다. 머물러 선 자들도 옮겨 다니는 자들도 모두가 한순간 얼어붙은 듯 정지했다.

붉은입 약탈자 떼가, 마치 불이 붙은 검은 돌들이 하늘에서 쏟아져 내리듯 동쪽 숲 너머 들판에 휙휙 소리를 내며 내려앉고 있는 것이 선명하게 보였다.

그때였다. 디노가 꿈틀거리기 시작했다.

그는 거대한 몸을 마치 하늘을 향해 솟구쳐 오르듯 일으키더니, 이윽고 그 누구도 다다를 수 없을 까마득히 높은 곳까지 자신의 목을 치켜세웠다.

―플로라….

들릴 듯 말듯 중얼거린 디노의 눈빛은 비로소 이곳으로 몰려오고 있는 절체절명의 위기를 실감하는 것 같았다.

디노는 한때 세상을 지배했던 위대한 동족 모두를 대신하여 일어섰다. 그리고 두려움 없이 곧장 동쪽 숲 너머의 들판을 향해, 모든 것을 가로지르며 걸어갔다.

그날 붉은입 약탈자 떼는 동쪽 숲으로 들어오지 못했다.

이 지역의 많은 주민들이 그 전투를 목격했다. 그들은 디노를 '영웅'이라고 불렀다. 디노가 싸우는 모습을 본 자들은 온갖 말솜씨를 동원해 그 광경을 전했고, 이야기는 점차 부풀려져 어느새 새로운 소문으로 자라났다. 어떤 자는 붉은입 약탈자들이 입에서 불을 뿜더라고 했고, 다른 자들은 불을 뿜은 것은 디노라고도 했다.

하지만 그뿐이었다.

소문의 주인공인 디노는 다시 조용해진 자신의 숲에 거대한 몸을 누인 채 묵묵히 고통을 견디고 있었다.

플로라가 차분하게 물었다.

─디노는 지금 어때?

나는 짧게 한숨을 내쉬고 내 바위에 올라앉은 후 하는 수 없이 대답했다.

─많이 다쳤는지 꼼짝도 못 하고 있어.

내 말에 플로라의 목소리가 더욱 가라앉았다.


—어떡하지…. 난 그에게 아무것도 해줄 수가 없
  네….
—어느 누가 디노에게 뭘 해줄 수 있겠어. 그냥 미안
  하지, 뭐.
—상처가 나으려면 얼마나 걸릴까?
—글쎄, 전에 듣기로는 붉은입 약탈자에게 찢긴 상처
  는 원래….
—아니. 내가 입힌 상처 말이야.


나는 문득 플로라를 쳐다보았다.
그녀는 어딘가 달라져 있었다.

나는 디노의 몸 이곳저곳에 난 상처들을 최선을 다해
부지런히 핥아주었지만 아무런 도움이 되질 않았다.

―좀 어때…?

―….

―네 덕에 모두 살았어.

―….

―빨리 기운을 차려야 해. 곧 추위가 올 거야.

아무런 반응도 보이지 않던 디노는 한참 만에 입을
열었다.

―플로라는…?

너무나 오랜만에 들어보는 그의 목소리는 길고 좁은
동굴을 통과하는 메마른 바람 소리 같았다.

―물론 플로라도 무사하지! 네가 동쪽 숲에는 약탈자
  한 놈도 들여놓지 않았잖아!

나는 일부러 승리를 선언하는 듯한 힘찬 말투로 답했다.
디노의 얼굴에 희미한 미소가 겨우 떠올랐다. 그는 미
동도 없이 앉아 있었지만 가까이 있던 나는 그의 가슴이
얼마나 벅차게 부풀어 오르고 있는지 알 수 있었다.
나는 더 이상 아무런 말도 하지 않았다.

시간이 흐르고 공기는 계속 차가워졌다. 그리고 대지엔 놀라운 사건이 벌어졌다.

수많은 종류의 나무들이, 아니 그 잎사귀들이, 온통 울긋불긋하게 물들어가기 시작한 것이다. 그 광경은 낯설고 찬란한 아름다움이었기에 모두가 한편으론 두렵게, 한편으론 신기하게 바라보았다. 세상 경험이 많은 나조차 숲의 색깔이 그렇게 일제히 변하는 일이 있다는 얘기는 들어본 적이 없었다.

얼마 후 온갖 빛깔을 띠며 반짝이던 나뭇잎들은 모두 떨어져 땅을 덮었다. 마른 나뭇잎들은 가끔씩 세차게 불어오는 바람을 타고 마치 오래된 생명이 떠나가듯이 사방으로 흩어져 날아갔다.

모든 것이 변하고 있었다.
모든 것이.

나는 땅을 두툼하게 덮고 있는 마른 잎들을 헤치며 서쪽 숲을 가로지르고 있었다. 그러다 텅 빈 숲 한가운데 웅크리고 있는 디노를 발견하고는 소스라치게 놀라고 말았다.

―디노! 너 제정신이야? 왜 아직도 여기에 있는 거야? 어째서 떠나지 않았어?

디노는 씁쓸히 웃었다.

―떠나지 못하게 잡을 때는 언제고….

―디노!

―난 알아, 더 이상 갈 곳이 없다는 걸.

―무슨 소리야? 더 찾아봐. 넌 떠나야 해!

―난 너무 크고, 너무 무거워. 이젠 도저히 감당할 수
가 없어.


나는 초조한 마음에 두서없는 말로 그를 설득했다.


―동쪽 숲은 아직 따듯해서 키다리나무 잎들이 좀 남아
있어. 그거라도 먹고 기운을 내. 그리고 여길 떠나.

―거긴 플로라의 숲이야. 플로라는 아직 자신을 보호
해줄 숲이 필요해. 작은 숲이라도.


나는 잠시 말을 잊지 못하다가 외쳤다.


―너 자신을 포기해선 안 돼! 그건 모든 살아 있는 자

들의 의무야.

—모로…. 난 너무나 오랫동안 힘든 여행을 했어. 계
　속 이렇게 쫓기면서.

—쫓겨…?

—대지와 하늘은 아주 오래전부터 나에게 끊임없이
　속삭여왔어. 떠나라고. 그래서 다른 곳으로 가면
　또다시 속삭였지. 떠나라고…. 이젠 지쳤어.

—그렇다면 떠나야지! 살아남기 위해서 말이야.

—지금은 너희들의 시간이야. 너와 플로라, 그리고
　버기….

　디노는 숨이 찬 듯 잠시 말을 멈추었다가 다시 이었
다. 멀고 먼 마른 언덕의 모래바람 같은 목소리였다.

—난 알아. 이제 내 시간은 끝났어. 난 그만둘 거야.

—뭘?

—떠나는 거.

디노의 편안한 태도가 주는 불길함 때문에 내 마음은 날카로운 가시덤불 비탈을 굴러 내리듯 고통스러웠다. 하지만 한없이 깊어진 그의 눈동자 앞에서 아무런 말도 나오지 않았다.

—플로라에게 가고 싶어.

다시 한번 디노는 거대한 몸을 일으켰다. 그가 온전히 일어서는 데는 시간이 한참이나 걸렸다.

그 모습을 그저 지켜보고 서 있는 무기력하고 보잘것없는 내 자신이 한없이 원망스러웠다.

디노는 깊은 눈으로 웃음을 지어 보이며 내게 말했다.

—고마워. 친구….

입을 굳게 다물고 있던 나는 그를 위해 내가 할 수 있는 최고의 선물을 주었다.

—머지않아 아주 춥고 긴 겨울이 올 거야. 플로라를 걱정하지는 마. 그녀는 이제 강해졌어. 작은 씨앗이 되어 땅속에서 추위를 나는 법을 깨닫게 되었거든.

플로라의 소식을 들은 디노의 두 눈에는 싸움의 진정

한 승리자 같은 환한 웃음이 차올랐다.

디노는 플로라에게 가고 있다는 것 말고는 아무 생각도 하지 않았다. 마지막 남은 힘을 다해 균형을 잡으며 한 걸음 한 걸음 동쪽 숲으로 향했다.

마침내 디노가 플로라의 숲에 다다랐을 때 그녀는 조용히 그를 기다리고 있었다.

—디노.

—플로라.

둘 사이를 침묵이 이어주고 있었다. 아무도 서두르지
않았다.

한참 후에야 플로라가 먼 곳을 바라보며 나직이 물었다.


—너 왜 이곳을 떠나지 않은 거야?

—내가 떠나길 바라?

—넌 떠나야 해.

—내가 떠나길 바라냐고.

—내가 바라는 건… 네가 살아 있는 거야.


디노는 씁쓸히 미소 지었다. 플로라는 여전히 먼 곳
을 바라보았다.


—모로한테 물어봤어. 배가 고프다는 게 어떤 느낌인
지. 나 때문에 이 숲의 나뭇잎들을 그대로 놔둬서
는 안 되는 거였어.

—난 그냥 몸집을 좀 줄여보려고….

디노가 웃어 보이자 플로라는 비로소 그를 바라보았다.

—예전에는 네가 그쯤에 서면 큰 그림자 때문에 추워
서 떨고는 했는데…. 넌 이제 너무 야위어서 햇빛
한가운데 서 있는 것 같아.

플로라는 다시 고개를 돌렸다.

—눈이 부셔서… 너를 잘 볼 수가 없어. 디노, 난 두려
워. 저녁 햇살처럼 네가 그냥 사라질 것만 같아서….

또 다른 침묵이 둘 사이에 잠시 머물렀다.

—나, 버기를 받아들였어.

플로라는 담담하게 말했지만 디노는 가슴이 저며오
는 것을 느꼈다. 그는 겨우, 아주 작은 소리로 말할 수

있었다.

—이해해….
—난 그를 좋아하지도 않아. 그런데도 받아들였단 말
이야.
—이해해….
—네가 뭘 이해해?

플로라는 여전히 디노를 바라보지 않은 채 말했다.

—네가 날 한 번이라도 제대로 이해한 적이 있어? 네
가 내 마음을 알아? 네 마음을 알고 싶어서 어쩔 줄
몰라 하는 내 마음을 아냐고.
—내가 아는 건, 내 마음이 네 마음과 똑같다는 거야.

디노는 플로라를 바라보며 미소 지었다.

―플로라. 난 미래에 속한 존재가 아니야. 버기는 너의 미래를 도와줄 거야. 넌 아주 잘한 거야.

플로라는 드디어 디노를 향해 얼굴을 돌렸다. 꽃잎에 맺힌 이슬이 반짝이고 있었다.

―그만둬. 넌 날 속였어. 나한테 모든 것을 다 털어놨어야 해. 네가 떠나지 않은 이유도, 네가 지금 쓰러질 것처럼 보이는 이유도. 그래서 나도 널 속이지 않게 했어야 하는 거야.

디노의 모래바람 같은 목소리가 낮게 가라앉고 있었다.

―플로라, 우린 서로를 속인 게 아냐. 그냥 하지 않은 말이 있었을 뿐이지. 지금 난 얼마나 기쁜지 몰라. 이제 내 시간이 끝나면 너의 새로운 시간이 올 거야. 너를 위해 난 기꺼이 사라질 거야.

플로라의 이파리에 맺혔던 이슬방울들이 차가운 땅 위로 툭툭 떨어졌다.

─아냐. 난 아직 너한테 헤어지는 인사를 할 준비가 안 돼 있어. 만날 때 하는 인사도 겨우 얼마 전에 했잖아.

디노의 목소리는 더욱 작아졌다.

─미안. 예의가 아니지만… 이번에는 내가 먼저 인사를 해야겠어…. 플로라, 안녕….

플로라는 인정할 수가 없다는 듯 계속해서 고개를 가로저었지만 아무런 말도 나오질 않았다.

하늘을 뒤덮은 회색 구름이 하얗게 부스러져 떨어지기 시작했다. 디노는 뭔가를 느낀 듯 천천히 고개를 들어 올렸다.

아주 높은 곳에서 아주 먼 곳을 바라보던 그는 이윽
고 까마득한 아래를 향해 말했다.


—플로라, 난 네 이름이 정말 좋아.


앙상해진 나무와 바위들 사이로 그의 목소리가 메아
리처럼 돌다 스며들었다.

말을 마친 디노는 방금까지 있었던 그 높은 곳으로부
터 느릿느릿 무너져 내렸다. 누구보다도 거대했던 그의
몸은 엄청난 울림만을 남긴 채 돌과 흙을 가르며 깊이
박혀버리고 말았다. 앙상한 가지만 남은 키다리나무 숲
은 오래도록 슬프게 흔들렸다.

이제는 결코 자신의 곁을 떠나지 않을 디노의 모습을
바라보며 플로라는 나직이 속삭였다.


—너무 짧아. 너무 짧아, 안녕과 안녕 사이가….

디노가 떠난 후 아주 긴 시간이 흘렀다.

무수하게 많은 새로운 종족들이 이름도 없이 나타났다가 소리도 없이 사라져간, 딱 그만큼의 시간이었다.

거대했던 두 개의 대륙이 여러 조각으로 갈라지며 그 사이를 드넓은 바다가 채우게 된, 딱 그만큼의 시간이었다.

그사이 나도 꽤 달라졌다. 아니, 어쩌면 더욱 나다워졌다.

언제나 먹잇감 찾기에 온통 정신이 팔려 사방팔방으로 영역을 넓혀가다 보니, 언젠가부터 '거침없는 이주민'이라 불리게 되었다. 물론 바빠진 탓에 대지와 하늘의 느릿느릿한 소리를 듣고 있을 여유는 없어졌다. 세상의 풍경과 냄새도 빠르게 낯설어져 갔다.

그래서일까.

얼마 전부터 나는 또다시 왠지 모르게 불쾌하고 불안하고 불길한 느낌이 들기 시작했다. 아마도 어느 날 문득 짙은 안개처럼 피어오르기 시작한 한 갈래의 생각 때문인지도 모른다.

그것은 '내 시간의 끝이 왔을 때 나는 그걸 알아차릴 수 있을까' 하는 새로운 궁금증이었다.

갑자기 다리에 피로감이 몰려왔다. 이곳에 도착하고부터 계속 서 있었던 탓이다. 겨우 이만한 바위에 구태여 올라서 있을 필요는 없었는데, 습관이란 무섭다.

자세를 풀고 내려와 나는 오랜만에 내 바위에 걸터앉았다. 마침 스쳐 지나가던 바람 한 자락이 깊이 눌러쓰고 있던 내 모자를 떨어뜨렸다. 나는 땅에 뒹구는 낡은 모자를 집어 들어 툭툭 털다가 문득 눈을 들었다.

드디어.

저 멀리 대지의 끝자락에서부터 거대한 파도처럼 서서히 모습을 드러내는 플로라와 그 동족들이 보이기 시작했다. 그녀는 아주 멀리에서 나를 먼저 알아보고는 춤을 추듯 손을 흔들었다.

굳어 있던 내 입꼬리가 슬며시 휘어 올라갔다. 나는 모자를 고쳐 쓰고 플로라를 향해 반갑게 한 손을 들어 보였다.

어느새 태양은 가장 높은 곳에 떠올라 있었다.

쥐라기는 로맨틱하지 않았다

이 소설은 최후의 공룡과 최초의 꽃의 사랑 이야기이
다. 3000만 년에 걸친 아주 짧은 로맨스.

하지만 그들이 함께 보낸 시간은 결코 로맨틱하지 않
았다. 쥐라기는 모든 종들 앞에 생존과 멸종의 보이지
않는 갈림길이 계속해서 나타났던 시대였다.

자신을 '최후의 공룡'이라고 소개한 디노는 사실 '최

후의 바로사우루스(Barosaurus)'이다. 중생대 쥐라기에 살았던 바로사우루스는 '무거운 도마뱀'이라는 뜻을 가졌다. 이 거대 초식 공룡은 몸길이 27미터, 키 15미터가 넘는 거대한 덩치에 비해, 유난히 가늘고 긴 목과 말의 머리 정도*에 불과한 작은 머리를 가진 것이 특징이다.

온실 같았던 쥐라기는 거대 초식 공룡들과 겉씨식물들이 지구를 지배하던 시대였다. 대재앙 수준의 사건은 없었지만, 대륙과 대양과 기후에는 아주 느리고 끊임없는 변화가 일어났고 후기에는 일시적인 한파가 닥쳤다. 쥐라기와 백악기 경계의 약 2500만 년을 지나는 동안 지구환경은 크게 달라졌다.

이 이야기 속의 홀로 남은 디노는 약 1억 3000만 년 전에 사라진다. 중생대 백악기 전기에 해당하는 이 시기는 속씨식물(flowering plant) 즉, 꽃을 피우는 식물이 지구 전

---

■ 미국 자연사박물관 전시 안내문

역에 걸쳐 급속도로 퍼져 나가기 시작한 때였다.

  2022년, 중국 내몽고의 약 1억 6400만 년 전 쥐라기 중기 지층에서는 플로리게르미니스 주라시카(*Florigerminis jurassica*)로 명명된 꽃봉오리 화석이 발견되었다. 꽃은 구조가 약해서 화석으로 발견되는 일이 매우 드문데, 이 화석은 놀랍게도 최상의 상태였다.[■]

  플로라는 속씨식물이다. 자신을 '최초의 꽃'이라고 말하는 플로라는 공룡시대에 나타났고 백악기에 들어서면서 지구 전역에 걸쳐 다양한 종으로 번성하게 되었다. 현재 속씨식물은 최소 36만 종에 이르고 지구상에 존재하는 전체 식물의 90퍼센트 이상을 차지하고 있다.

  버기는 유시류 즉, 날개가 있는 곤충이다. 곤충은 쥐라기 이전부터 이미 존재했다고 한다. 그런데 속씨식물

■ ScienceAlert, 2022년 1월

이 등장하면서 꿀을 먹이로 삼는 곤충이 나타나 함께 번성하게 되었다. 최초로 꽃가루를 날라준 곤충은 딱정벌레였을 것이라는 가설이 있다.

모로는 포유류에 속하는 작은 동물이다. 포유류의 조상이 나타난 시기는 중생대 트라이아스기 후기까지 거슬러 올라가지만, 작고 연약했던 그들은 생존에 유리하지 않았다. 하지만 지구를 지배하던 포식자들이 쇠퇴하는 시기를 틈타, 특히 중생대 백악기 말의 '5차 대멸종' 속에서 살아남은 이후에 그들은 진화와 번성에 속도를 붙이게 되었다. 아주 긴 시간이 흘러 그들 중 한 종이 인간의 모습이 될 때까지.

《쥐라기 로맨스》는 디노와 플로라, 버기, 그리고 모로의 생존기이다.